AF319629

J. M. J.

CANTIQUES

A L'USAGE DES MISSIONS

TIRÉS DU

MANUEL COMPLET

DE CHANTS RELIGIEUX

(cantiques, messes, faux-bourdons, motets, etc.)

du R. P. J.-M. GARIN, mariste

APPROUVÉS

par Mgr l'Archevêque de Cambrai.

—◦—

BAR-LE-DUC

CONTANT-LAGUERRE ET Cie, ÉDITEURS

1865

CANTIQUES

A L'USAGE DES MISSIONS

TIRÉS DU

MANUEL COMPLET

DE CHANTS RELIGIEUX

(cantiques, messes, faux-bourdons, motets, etc.)

du R. P. J.-M. GARIN, mariste

APPROUVÉS

par Mgr l'Archevêque de Cambrai.

BAR-LE-DUC

CONTANT-LAGUERRE ET Cie, ÉDITEURS

Avril 1865.

CANTIQUES

A L'USAGE DES MISSIONS

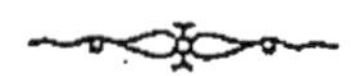

AVE MARIS STELLA.

Air Nᵒˢ 241 ou 245.

Ave, maris Stella,
Dei Mater alma,
Atque semper virgo,
Felix cœli porta.

Sumens illud ave,
Gabrielis ore,
Funda nos in pace,
Mutans Evæ nomen.

Solve vincla reis,
Profer lumen cæcis,
Mala nostra pelle,
Bona cuncta posce.

Monstra te esse matrem
Sumat per te preces
Qui pro nobis natus
Tulit esse tuus.

Virgo singularis,
Inter omnes mitis,
Nos culpis solutos
Mites fac et castos.

Vitam præsta puram,
Iter para tutum,
Ut videntes Jesum
Semper collætemur.

Sit laus Deo Patri,
Summo Christo decus,
Spiritui Sancto :
Tribus honor unus. Amen.

ESPRIT-SAINT, DESCENDEZ EN NOUS.

Air N° 15.

CHŒUR.

Esprit-Saint, descendez en nous ;   (bis.)
Embrasez notre cœur de vos feux
    De vos feux   bis.
    Les plus doux

Sans vous, notre vaine prudence
Ne peut, hélas ! que s'égarer ;
Ah ! dissipez notre ignorance ;   (bis)
    Esprit d'intelligence,
    Venez nous éclairer.

Le noir enfer, pour nous livrer la guerre,
Se réunit au monde séducteur :
Tout est pour nous embûche sur la terre,
Soyez, soyez, notre libérateur.

Enseignez-nous la divine sagesse :
Seule elle peut nous conduire au bonheur.
Dans ses sentiers, qu'heureuse est la jeunesse !
　　Qu'heureuse est la vieillesse !

LES SEPT DONS DU SAINT-ESPRIT.

Air N° 82.

CHOEUR.

Esprit-Saint, Dieu de lumière,
O vous que nous implorons !
Venez des cieux, sur la terre,　　} bis.
Comblez-nous de tous vos dons.

Accordez-nous cette SAGESSE
Qui ne cherche que le Seigneur :
Que notre étude soit sans cesse
De lui soumettre notre cœur.

Donnez-nous cette INTELLIGENCE,
Ce don qui fait connaître au cœur
De la foi toute l'excellence
Et du crime toute l'horreur.

De vos CONSEILS que la lumière
En brillant toujours à nos yeux,
Guide nos pas et nous éclaire
Dans le sentier qui mène aux cieux.

Venez, inspirez-nous la FORCE
D'aimer Dieu , d'observer sa loi :
Et qu'en vain le monde s'efforce
D'éteindre dans nos cœurs la foi.

Enseignez-nous cette SCIENCE,
L'art divin qui fait les vertus ;
Répandez sur nous l'abondance
Du don qui forme les élus.

Qu'une PIÉTÉ vive et pure
Nous anime et brûle toujours :
Qu'à son feu notre âme s'épure
Et pour vous s'embrase d'amour.

Grand Dieu! inspirez-nous la CRAINTE
De vos terribles jugements ;
Que l'amour de votre loi sainte
Pénètre nos cœurs et nos sens.

MARCHONS AU COMBAT, A LA GLOIRE

Air N° 54.

CHOEUR.

Marchons au combat, à la gloire ;
Marchons sur les pas de Jésus :
Nous remporterons la victoire
Et la couronne des élus.

Pourquoi languir dans l'esclavage ?
Pourquoi traîner des fers honteux ?
Régner au ciel est le partage
Du chrétien brave et généreux.

De Jésus-Christ je suis le frère,
De l'Eternel je suis le fils ;
Mon cœur est plus grand que la terre :
Il me faut des biens infinis.

Les anges préparent des trônes
Au sein des célestes splendeurs :
Je les vois tresser des couronnes
Qui vont ceindre les fronts vainqueurs.

Au ciel dans la gloire immortelle,
Je vois des parents, des amis :
J'entends leur voix qui nous appelle :
Bientôt nous serons réunis.

Faisons flotter à notre tête
L'étendard sacré de la croix :
Volons, volons à la conquête
De l'empire du Roi des rois.

Guerre à Satan, esprit immonde :
Guerre à l'infâme volupté :
Guerre au mensonge, guerre au monde :
A Jésus-Christ fidélité !

O ciel, ô ma belle patrie,
Pour toi je dois vivre et mourir ;
Pour toi le reste de ma vie,
Pour toi jusqu'au dernier soupir !

L'abbé J. Morel.

LES COMBATS DU SEIGNEUR.

Air N° 52.

CHOEUR.

Armons-nous, la voix du Seigneur,
Chrétiens, au combat nous appelle.
Elle est si noble, elle est si belle, ⎰ 3 fois.
La palme promise au vainqueur ! ⎱

Tout le cours de notre existence
N'est qu'un long et rude combat ;
L'homme ferme que rien n'abat
Seul obtiendra la récompense.

Des sens la voix enchanteresse
Veut égarer notre raison ;
Leurs délices sont un poison,
Et la mort suit de près l'ivresse.

La voix du monde nous convie
A ses plaisirs , à ses honneurs :
Sacrifions ces biens trompeurs
A ceux de l'immortelle vie.

Du démon la voix menaçante
Rugit sans cesse autour de nous :
L'homme de foi craint peu ses coups
Et rit de sa rage impuissante.

Que craignez-vous ? Jésus vous guide ,
Rangez-vous sous ses étendard ;
Que l'ennemi lance ses dards ,
Vous avez l'invincible égide.

Courage , milice chérie ,
Courage donc jusqu'à la mort !
Courage, vous touchez au port :
Bientôt vous verrez la patrie.

J. CORNU.

LE SALUT.

Air Nº 22.

Nous n'avons à faire
Que notre salut :
C'est là notre but ,
C'est là notre unique affaire.

CHŒUR.

Nous serons heureux en cherchant les cieux (*bis*)
En cherchant les cieux (*bis*)

Notre âme immortelle
Est faite pour Dieu :
La terre est trop peu
Ou plutôt n'est rien pour elle.

Perte universelle,
Perdre son Sauveur,
Perdre son bonheur,
Perdre la vie éternelle !

Recherche, âme immonde,
Selon tes désirs,
Les plus vils plaisirs ;
Ils fuiront avec le monde.

Poursuis la fumée
D'un bien passager.
Gagne un monde entier :
Quel gain si l'âme est damnée !

Nous cherchons la grâce,
C'est le seul vrai bien :
Le reste n'est rien,
Ce n'est qu'une ombre qui passe.

Nous cherchons la vie,
La gloire, la paix
Qui dure à jamais :
Voilà toute notre envie.

Point d'autre sagesse
Que l'humilité ;
Notre pauvreté
Fait toute notre richesse.

Allons par Marie,
Allons à Jésus :
Que faut-il de plus ?
C'est la gloire, c'est la vie.

Vén. G. DE MONTFORT.

LA MORT.

Air N° 23.

CHOEUR.

A la mort, à la mort,
Pécheur, tout finira ;
Le Seigneur à la mort
Te jugera.

Il faut mourir, il faut mourir ;
De ce monde il nous faut sortir ;
Le triste arrêt en est porté :
Il faut qu'il soit exécuté.

Comme une fleur qui se flétrit.
Ainsi l'homme bientôt périt ;
L'affreuse mort vient de ses jours
En un moment trancher le cours.

Venez, pécheurs, près du cercueil.
Venez confondre votre orgueil :
Là tout ce qu'on estime tant
Est enfin réduit au néant.

Esclaves de la vanité,
Que deviendra votre beauté?
Vos traits sans forme et sans couleur
Vous rendront un objet d'horreur.

Vous qui suivez tous vos désirs,
Qui vous plongez dans les plaisirs,
Pour vous quel affreux changement
La mort va faire en ce moment.

S'il vous fallait subir l'arrêt,
Qui de vous, chrétiens, serait prêt?
Combien dont le funeste sort
Serait une éternelle mort!

Vén. G. DE MONTFORT.

A MON SECOURS,
OH! NE VIENDRAS-TU PAS?

Air N° 53.

CHOEUR.

O toi qui lis dans le fond de mon âme,
Mon Dieu, tu vois mon trouble et mes combats;
Mon pauvre cœur t'appelle et te réclame :
A mon secours, oh! ne viendras-tu pas!

Le noir enfer m'enveloppe et me presse :
A ton amour il voudrait me ravir;
Déjà ses coups accablent ma faiblesse :
Viens, ô mon Dieu, viens, ou je vais périr!

D'un monde vain la voix enchanteresse
M'appelle à lui par l'attrait du plaisir;
Par tous mes sens, il m'assiége, il me presse.
Viens, ô mon Dieu, viens, ou je vais périr!

Il fait briller ses pompes et ses charmes,
Sous son empire il voudrait m'asservir,
Et tout en moi redouble mes alarmes :
Viens, ô mon Dieu, viens, ou je vais périr!

Les passions se disputent mon âme;
De tous côtés je me vois assaillir :
De tant de feux viens amortir la flamme,
Viens, ô mon Dieu, viens, ou je vais périr!

Si mes péchés provoquent ta vengeance,
Et que ton bras se lève pour punir,
En ta bonté, Seigneur, j'ai confiance :
Viens, ô mon Dieu, viens, ou je vais périr!

Prête l'oreille à mes cris de détresse,
Vierge fidèle, oh! viens me secourir!
Tu sais mes maux, tu connais ma faiblesse :
A mon secours, viens ou je vais périr!

P. A. GUTTIN.

REPENTIR ET CONFIANCE
Air N° 39.

Combien triste est mon sort! ô comble de disgrâce!
Que de biens le péché m'a fait perdre à la fois :
L'amitié de mon Dieu, la beauté de la grâce,
La douce paix du cœur, mes mérites, mes droits!

CHOEUR.

Mais en votre clémence
J'ose espérer, Seigneur;
Rendez-moi l'innocence,
La paix et le bonheur.
D'un fils ingrat, rebelle,
Agréez le retour;
Je veux être fidèle,
Fidèle à votre amour.

Serai-je de l'enfer la proie et la victime?
Serai-je du démon l'esclave criminel?
Si la mort me surprend, je tombe dans l'abîme,
Et sans retour je perds l'héritage éternel.

Ah! périsse le jour où ce péché funeste
Vint de mon innocence interrompre le cours!
Je t'abhorre à jamais, péché que je déteste!
Puisse ce jour fatal s'effacer de mes jours!

Oui, n'eussé-je qu'un jour du crime été coupable,
Mes yeux devraient aux pleurs s'abandonner toujours.
Combien dois je en verser, ô honte qui m'accable!
Moi qui du crime, hélas! ai souillé tous mes jours!

REFUGIUM PECCATORUM.

Air N° 147.

Mère d'amour, Vierge clémente,
L'espoir, l'asile des pécheurs,
Viens, que ta main compatissante
Calme nos maux, sèche nos pleurs.

CHOEUR.

Douce Vierge Marie,
Refuge des pécheurs,
Sous ton aile bénie
Rends la paix à nos cœurs.   (*bis.*)

Loin des sentiers de la justice
Nous avons erré trop longtemps ;
A la vertu, Vierge propice,
Daigne ramener tes enfants.

Si des cieux le souverain Maître
Ouvrait pour nous l'éternité,
Comment oserions-nous paraître
Devant notre juge irrité ?

On a proclamé ta puissance
Dans tous les lieux de l'univers ;
Partout les traits de ta clémence
Gagnent les cœurs, brisent des fers.

A tes faveurs, ô tendre Mère,
Pleins de foi, nous avons recours ;
De tes enfants, dans la misère,
Sois le soutien, sois le secours.

Brise notre pesante chaîne,
Guéris nos cœurs, rends-nous heureux ;
Sois notre aimable Souveraine
Et sur la terre et dans les cieux.

Rends-nous la paix et l'innocence ;
Rends-nous l'amitié de Jésus ;
Donne-nous la persévérance,
Ce don précieux des élus.

P. J.-M. Garin.

VIVE JÉSUS !

Air N° 69.

Vive Jésus !
C'est le cri de mon âme !
Vive Jésus ! c'est le Dieu des vertus !
Aimable nom, quand ma voix te proclame, }
Mon cœur palpite, il s'échauffe, il s'enflamme : } bis
Vive Jésus ! vive Jésus !

Vive Jésus !
C'est un cri d'espérance
Pour les pécheurs repentants et confus ;
Sur eux du ciel attirant la clémence, }
Ce nom sacré soutient leur pénitence : } bis
Vive Jésus ! vive Jésus !

Vive Jésus !
C'est le cri qui rallie
Sous ses drapeaux le peuple des élus.
Suivre Jésus, c'est aussi mon envie :
Suivre Jésus, c'est mon bien, c'est ma vie : } *bis*
Vive Jésus ! vive Jésus !

Vive Jésus !
A ce cri de vaillance
Je verrai fuir les démons éperdus.
Un mot suffit pour dompter leur puissance,
Pour terrasser leur superbe insolence : } *bis*
Vive Jésus ! vive Jésus !

Vive Jésus!
Cri de reconnaissance
D'un cœur touché des biens qu'il a reçus.
L'enfer veut-il troubler sa confiance,
Il dit encore avec plus d'assurance : } *bis*
Vive Jésus ! vive Jésus !

Vive Jésus !
C'est mon cri d'allégresse,
O Dieu caché sous un pain qui n'est plus !
Quand aux douceurs d'une céleste ivresse,
Je reconnais l'objet de ma tendresse : } *bis*
Vive Jésus ! vive Jésus !

Vive Jésus !
C'est le cri de victoire
Qui retentit au séjour des élus ;
De leurs combats consacrant la mémoire,)
Ce nom puissant éternise leur gloire :   } *bis*
Vive Jésus ! vive Jésus !   )

P. LORIQUET.

BRAVONS LES ENFERS.

Air N° 56.

Bravons les enfers,
Brisons tous nos fers,
Sortons de l'esclavage ;
Unissons nos voix,
Rendons à la croix
Un sincère et public hommage.

Jurons haine au respect humain !
Brisons cette idole fragile ;
Sur ses débris que notre main
Elève un trône à l'Evangile.

Partout flottent les étendards
Qu'arbore à nos yeux la licence ;
Faisons briller à ses regards
La bannière de l'innocence.

Vit-on jamais au champ d'honneur
La pâleur sur le front des braves?
Et nous, sur les pas du Sauveur,
Nous aurions l'âme des esclaves !

Nous pourrions, enfants de la Foi,
Abjurer ce titre sublime,
Et proclamer pour notre roi
Le fier tyran qui nous opprime !

Chrétiens, nous sommes tous soldats :
Marchons à l'éternelle gloire ;
Quand Jésus nous mène aux combats,
Tremblants, fuirions-nous la victoire !

Seigneur, ton camp sera le mien !
Tant qu'il coulera dans mes veines
Quelques gouttes de sang chrétien,
Monde, tes menaces sont vaines.

Divin Roi, jusqu'à mon trépas
Mon cœur te restera fidèle ;
Puisse ta croix, guidant mes pas,
Me voir vivre et mourir pour elle !

LE VOICI L'AGNEAU SI DOUX.

Air N° 90.

CHOEUR.

Le voici l'Agneau si doux,
 Le vrai pain des anges !
Du ciel il descend pour nous :
 Adorons-le tous.

C'est un tendre Père,
C'est le bon Pasteur,
Un Ami sincère,
Notre bon Sauveur.

C'est la sainte Hostie,
Le vrai Pain des cieux,
D'éternelle vie
Gage précieux.

Céleste Modèle
D'aimable douceur,
Tous, il nous appelle !
Courons à son cœur.

Le Dieu de lumière,
Astre bienfaisant,
Entend la prière
Du pauvre et du grand.

Sa sainte présence
Remplit notre cœur
De reconnaissance,
D'amour, de bonheur.

Par toi, saint mystère,
Objet de ma foi,
Je crois, je révère
Mon Maître et mon Roi.

De mon espérance,
Gage précieux,
Viens par ta présence
Combler tous mes vœux.

De ta vive flamme,
Feu du saint amour,
Couronne mon âme
En cet heureux jour.

Mais de ma misère,
Dieu de sainteté,
Que l'aveu sincère
Touche ta bonté.

Epoux de mon âme,
Entends mes soupirs :
Mon cœur te réclame,
Remplis mes désirs.

Le voici, silence !..
Oh ! quelle faveur !
Mon Jésus s'avance,
Il vient dans mon cœur.

AMENDE HONORABLE A JÉSUS.

Air N° 113.

Mon doux Jésus! enfin voici le temps
De pardonner à nos cœurs pénitents.
Nous n'offenserons jamais plus
Un Père qui nous aime,
Nous n'offenserons jamais plus
Votre bonté suprême,
O doux Jésus !

CHOEUR.

Parce, Domine,
Parce populo tuo,
Ne in æternum irascaris nobis.

Puisqu'un pécheur vous a coûté si cher.
Divin Jésus, sauvez-le de l'enfer.
Ah ! ne perdez pas cette fois
Rédempteur adorable,
Ah ! ne perdez pas cette fois
La conquête admirable
De votre croix.

O Dieu sauveur, nous sommes à genoux
Pour apaiser votre juste courroux.
Soyez pour nous un Dieu clément,
Jésus, tendre victime,
Soyez pour nous un Dieu clément,
Et lavez notre crime
Dans votre sang.

ÉTOILE DU MATIN.

Air N° 142.

CHŒUR.

Astre propice au marin,
Conduis ma barque au rivage ;
Préserve-moi du naufrage,
Blanche Étoile du matin.

Lorsque les flots en courroux
Viendront menacer ma tête
Calme, calme la tempête,
Rends pour moi le ciel plus doux.

Combien d'écueils dangereux
Sur cette mer inconnue !
Découvre-les à ma vue,
Phare toujours lumineux.

Mais si jamais, ô douleur !
Sombrait ma barque légère,
Que je puisse, à ta lumière,
Saisir un débris sauveur.

Fais briller un ciel d'azur,
Dissipe tous les nuages
Et que, malgré les orages,
Mon cœur reste toujours pur.

Quand viendra mon dernier jour,
Éclaire, Étoile chérie,
Mon départ de cette vie
Pour un plus heureux séjour.

MEMORARE.

Air N° 160.

CHOEUR.

Souvenez-vous, ô tendre Mère,
Qu'on ne vous implora jamais
Sans voir exaucer sa prière,
Sans éprouver vos doux bienfaits (*bis*).

Les siècles à vos pieds, Marie,
Sont tous venus chercher secours,
Et votre puissance attendrie
Pour eux se déclara toujours.

Non personne à travers les âges
Par vous ne s'est vu rebuté !
Quand on recourt à vos suffrages,
On est certain d'être écouté.

Plein de cet espoir invincible,
Mère de Dieu, je viens à vous ;
Je sais que tout vous est possible,
Et je me jette à vos genoux !

Ne repoussez pas ma prière !
Serais-je le seul délaissé ?
Montrez que vous êtes notre mère
Et souvenez-vous du passé.

A.-F. Mangeret.

MATER PULCHRÆ DILECTIONIS.

Air Nᵒ 138.

Je sens mon âme consumée
D'un ineffable et saint amour
Pour toi, ma mère bien-aimée,
Reine du céleste séjour.

CHŒUR.

O Marie,
De ma vie
L'espoir et le vrai bonheur,
Vierge pure,
Je le jure,
Tu règneras dans mon cœur (*bis*).

Sur une terre, hélas! flétrie,
Il n'est pour moi point de bonheur :
Sans ton amour, Mère chérie,
Comment goûter quelque douceur ?

Je veux t'aimer, Vierge fidèle,
Malgré le monde séducteur ;
C'est en vain que sa voix m'appelle,
A toi toujours sera mon cœur.

Je veux t'aimer dans ma jeunesse,
Je veux t'aimer et te bénir ;
Et quand finira ma vieillesse,
Entre tes bras je veux mourir.

Je veux t'aimer toute ma vie,
Vierge ma joie et mon trésor ;
Et mon bonheur, dans la patrie,
Ce sera de t'aimer encor.

P. J.-M. Garin.

TOUJOURS T'AIMER, O TENDRE MÈRE !

Air N° 173.

CHŒUR.

Toujours t'aimer, ô tendre Mère,
  C'est l'objet de tous mes vœux :
Sois mon refuge sur la terre,
Et sois mon bonheur aux cieux.

J'aimerai toujours Marie :
C'est la Mère de mon Dieu :
Qu'elle soit toujours bénie,
Qu'on la vénère en tout lieu.

J'aimerai toujours Marie
Qui me comble de bienfaits ;
Mon cœur, ô Mère chérie,
Ne vous oubliera jamais.

J'aimerai toujours Marie,
Après Dieu tout mon espoir ;
A son cœur je me confie,
Aux cieux elle a tout pouvoir.

J'aimerai toujours Marie :
Elle dirige mes pas,
Et son bras me fortifie
Au milieu de mes combats.

J'aimerai toujours Marie,
La Reine de l'univers :
Elle enchaîne la furie
Du noir dragon des enfers.

J'aimerai toujours Marie,
L'espoir, l'honneur des élus :
Heureux trois fois qui la prie !
Elle conduit à Jésus.

J'aimerai toujours Marie :
Elle prend soin de mon sort :
Je l'aime pendant la vie,
Je veux l'aimer à la mort.

DÉSIRS DE VOIR MARIE.

Air N° 133.

J'irai la voir un jour !
Au ciel dans la patrie,
Oui, j'irai voir Marie,
Ma joie et mon amour.

Au ciel, au ciel,
J'irai la voir un jour !
Au ciel, au ciel,
J'irai la voir un jour !

J'irai la voir un jour !
C'est le cri d'espérance
Qui guérit ma souffrance
Au terrestre séjour.

J'irai la voir un jour !
J'irai m'unir aux Anges
Pour chanter ses louanges
Et pour former sa cour.

J'irai la voir un jour !
J'irai près de son trône
Recevoir ma couronne
Et régner à mon tour.

J'irai la voir un jour,
Cette Vierge immortelle :
Bientôt j'irai près d'elle
Lui dire mon amour.

J'irai la voir un jour !
J'irai, loin de la terre,
Sur le cœur de ma Mère
Reposer sans retour.

AUX BÉNÉDICTIONS DU SAINT-SACREMENT.

O SALUTARIS !

Nᵒˢ 222., 223 et 224.

O salutaris Hostia,
Quæ cœli pandis ostium !
Bella premunt hostilia ;
Da robur, fer auxilium.

Uni trinoque Domino
Sit sempiterna gloria,
Qui vitam sine termino
Nobis donet in patria.
    Amen.

———

TANTUM ERGO.

Nᵒˢ 257, 258, 259, 260, 261 et 262.

Tantum ergò Sacramentum
Veneremur cernui ;
Et antiquum documentum
Novo cedat ritui ;
Præstet fides supplementum
Sensuum defectui.

Genitori , Genitoque
Laus et jubilatio ,
Salus, honor, virtus quoque
Sit et benedictio :
Procedenti ab utroque
Compar sit laudatio.

Amen.

TABLE

PAR ORDRE ABPHABÉRIQUE.

On trouve chez les Libraires suivants :

LYON. — BRIDAY, place Montazet;

PARIS. — LECOFFRE, rue Saint-Sulpice, 58;

VALENCIENNES. — J. GIARD, place d'Armes, 49;

BAR-LE-DUC. — CONTANT-LAGUERRE, rue Rousseau, 56 :

LE MANUEL COMPLET

DE CHANTS RELIGIEUX,

Par le R. P. J.-M. GARIN, Mariste,

Contenant 201 Cantiques anciens et nouveaux, à une et plusieurs voix, une Messe solennelle, des Faux-Bourdons pour les Vêpres ordinaires et les Vêpres de la Sainte Vierge, des Motets, des Antiennes, des Hymmes, etc., pour les Saluts du T.-S. Sacrement, à l'usage des Maisons d'éducation et des Paroisses. — Un fort volume grand in-18.

Bar-le-Duc, Imp. Contant-Laguerre et Cie.